KB162126

당신 그리움에

단인 종합문예유성 시선❼

김정순 시집

당신 그리움에

YOUSEONG 도서출판 유성

시인의 말

詩人은, 시로 말하고
人生은, 끝까지 살아봐야 한다는 말
이제는 조금 알 것 같습니다.
누구나 봄을 꿈꾸며
인생길 걷다가 보면 얘기치 못한
운명 앞에 하늘이 무너지는 아픔을 겪기도 하지요
그렇다고 두 손 놓고 울 수만은 없는 일
슬픔은 가슴에 묻고 또 살아가야 하는 것이
우리네 삶이니까요
詩人은 생의 가장 힘들고 외로울 때
문학의 꽃 詩와 운명처럼 친구가 되어
가장 순수한 자연을 보며 喜怒哀樂을
한 줄 한 줄 眞率하게 서술 하였습니다
그래서인지 저의 글은 그리움에
대한 詩가 많은 것 같습니다 .
때로는 그리움이 삶의 활력소가
되기도 하지요
오랫동안 아끼던 시어들이
퇴고에 퇴고를 거듭하는 작업을 거쳐
세상에 내어놓는 저의 詩 한 편이
독자들의 가슴에 공감이 가고 오래 기억될
수 있다면 좋겠습니다.

수련 김정순

차례

1 봄이 오는 소리

02 나의 노래

03 가을에는

4 그리움에 눈이 내리면

01

봄이 오는 소리

당 / 신 / 그 / 리 / 움 / 에

봄이 오는 소리

한 움큼 내려앉은
따스한 햇살에
태동하는 봄

쫑긋쫑긋 수줍게
내미는 자태
화사한 얼굴들

훅!
안겨오는 향기
쏟아지는 봄이 맛있다

매운 소소리바람에
꽃잎 떨어져도
꽃은 또 핀다.

오는 봄은

어제 내린 비가 자작자작
잘 스며들었나 봅니다
쏙 고개 내민 봄이
아장아장 걸어 나옵니다

간밤에 다녀간 춘설에도
웃음을 잃지 않은 매화 아씨 의연하고
노란 산수유 눈뜨기 시작합니다

굽이진 산 능선 따라 연분홍 꽃 만발하고
거친 벌판에 초록빛 그리움 토해내며

암흑같은 세상에도
봄은 오고
꽃은 피어나리니

화알짝 웃으며 오는 봄은
지난 정유년 한해 코로나로 힘들었던
그대 와 나에게 선물 하렵니다.

희망

어두웠던
긴 겨울잠을 깨우는
이 봄이 참 좋다

메마른 빈 가지에 생기 돋아나
새 희망 새봄이 싹튼다

꿈 많던 소녀처럼
다시 꿈꿀 수 있을까

만물이 생동하는 것처럼
소리 없이 피는 봄처럼

아름다운 삶의 여정을 향한
첫 시작에 봄
그 희망을 담는다.

민들레

한줄기 빛 새어든 돌담
그 틈새에서 불평 없는
얼굴로 웃어주는
노오란 민들레 그 강인함

어둠이 내리면 마알간 이슬에
꽃잎 젖을까 움츠리고
맑은 햇살에 방긋 미소 짓는
순결한 단심 민들레

비우면 비울수록
더 많이 채워지는
민들레 홀씨 수만큼

송이송이 노오란 송이
수 천만 송이
활짝 핀 꽃 속에서
사뿐사뿐 벌 나비들 향연이

보기만 해도
즐겁고 행복한데
세상 사는 진리를
민들레처럼 살 수 있다면.

그리운 이름

괜스레 마음 울적한 날
바람 따라 나온 쑥 빛 들녘엔
내 눈에만 보이는 어머니 모습에
눈시울이 붉어집니다

하얀 수국 꽃 찔레꽃은
아직 피지도 않았는데
흙냄새 나는 들판에
너울너울 자란 쑥을 보니

가슴 싸한 그리움에
자꾸만 생각나는
그리운 이름
어머니
어머니

향긋한 바람 소리는
어머니 노랫소리 같은데
올망졸망 키 작은 들꽃
내 벗 되어 소근 거리며

노을빛 고운 서녘 하늘엔
어머니가 웃고 있습니다.

찔레꽃 피면

찬이슬로 말갛게 세수한 해맑은 얼굴
하얀 찔레꽃 아파트 담장에 가득 피면
어머니 보는 듯 그냥 좋아서 바라보다

살며시 다가가 만져보고
코끝에 스치는 진한 향기
눈가에 맺힌 이슬 함께
정겨운 어머니 목소리 들려 옵니다

햇빛 좋은 날 장독대 뚜껑 열어 두었다
비 올 것 같으면 얼른 닫아라
농산물 가득 담은 봉지 봉지마다 칠 남매
자식 이름 또박또박 써 놓으시던 모습

하얀 찔레꽃
빨랫줄 광목 치마로 하늘거리고

어머니 세상에
계시나 아니 계시나
해마다 찔레꽃은 잊지 않고 피어
어머니 마음 같은 진한 향기에
그리움 사무치 누나.

행복한 산장

햇살과 바람이 노닐다 가는
대룡산 자락에는
어느 시인의 행복한 산장 하나 있네

돌담 아래 금낭화는
함초롬히 꽃등 밝히고
작은 폭포 소리 하나
풀피리 청아하게 분다

산 냄새 풀풀 따라
새들이 지줄대는 솔숲을 거닐며
꿈꾸는 봄

서산에 붉은 노을 물들이면
노랗게 불을 켜는 별빛
반딧불이 춤을 추는 달빛 아래 앉아

어느 임에 시 한수 읊조리며
산 좋고 물 맑은 자연이 좋아
청산에 산다네.

늦은 후회

아 오늘이 그날인가?
꽃 가게 앞에서 주인을 기다리는
카네이션 붉은 꽃바구니에
내 엄마 내 아버지가 생각이 난다

세상 어디에도 이제 없는
오직 하나뿐인 내 부모님
살아생전에 빨간 꽃송이 하나를
몇 번이나 가슴에 달아 드렸던가

보고 싶어도 뵐 수가 없고
불러 보아도 대답이 없어
사무치는 그리움에 눈물이 난다

한평생 자식들 위해 고생하시며
강물 같은 사랑을 온전히 주시고
허망하게 서산마루 넘어가실 때
하늘도 슬펐는지 눈물 떨구어 주던

내 엄마 내 아버지가 참 보고싶다.

봄의 왈츠

봄이 언제 이렇게 자랐지!
며칠 못 본 사이에
나리 목련 진달래 얼굴이 활짝 폈구나

참 곱다 예쁘구나
산뜻하고 화사한 자태
어찌 벌 나비가 찾지 않겠는가
그 가슴에 안겨 너의 봄이 되고 싶구나

흐르는 세월에
지는 것만 있는 것이 아니었구나
동면에 든 이들을 깨워서
새로운 꿈을 꾸게 하는 봄이 있었구나

푸릇푸릇한 저 숲을 보라
이름도 다 다른 나무들이 어울어져
다양한 새 옷을 꺼내입고
다시 공연할 준비를 하고 있구나.

아프니까 사랑이다

달콤하기만 하면 사랑이더냐
아프니까 사랑이다

심장이 멎을 것처럼 아프면
독한 술로 괴로워 하지 말고
차라리 소리 내 울어라
그래야 사람이다

영원한 사랑이 어디 있더냐
운명 같던 사랑도 어떤 이유로 떠나고
죽을 만큼 아파서 사랑 같은 거
다시는 안 할 것 같지만

흐르는 시간에 어둠이 내리고
세월이 물처럼 흐르면
소리 없이 찾아오는 사랑에 빠지고
해님같이 베시시 웃게 되지!

비가 오고 나면
젖은 꽃잎에 햇살이 안기듯
사람은 사랑을 먹고
사랑을 하며 사는 일이다.

다 지나가리라

저 꽃이 너의 꽃이라고
이름을 알려 주었을 때는
가슴이 뭉클하게
참 곱고 예쁜 꽃이었다

그 꽃의 향기가 없는
속마음을 알았을 때는
더는 고운 꽃이 아닌
천지지간에 슬픈 봄이었다

아이야 다 지나가리라
이 봄에 떨어진 꽃은
꽃물 흐르듯 시계 초침 따라
아른아른 흘러가고 나면

또 만나질 새로운 그 인연은
새하얀 목련에 내리는
눈부신 아침 햇살같이
따스한 봄날처럼 오겠지.

꽃망울이 지다

세상에 꽃으로 와서
예쁜 이름표 하나 단 어린 꽃들
맘껏 나래 한번 펴보지 못하고
져버린 꽃망울들

즐거운 학교 소풍 길에
시퍼런 악마가 덮치는 순간
얼마나 무서웠을까?
얼마나 두려웠을까?

엄마 아빠 형제들 부르며
울부짖는 다급한 소리가
검은 바다를 메웠을 것이다

슬픈 봄날의 하얀 눈물이
노란 별꽃으로 밤하늘에 수를 놓았구나
밤이면 지상에 그리움을 내려 보려고

이 세상에 숨 쉬고 있는
수많은 사람이 어린 꽃망울들을
오래 기억하게 될 것이니

하얀 나비처럼 훨훨 날아서
좋은 세상에서 행복하게 지내렴.

봄은 그렇게

한풍에 나신 되어
천진한 웃음소리
사라진 놀이터에는
철새들이 그네를 타고
옹알이를 풀어 놓는다

훈풍에 민낯으로
그리움 잉태한 너
양지바른 곳 따라
해맑은 얼굴로
살포시 눈망울 터트릴 때

초롱초롱한 눈빛 하나둘
아기 손 꼼지락 거리듯
찬란한 봄은 그렇게
오고 있을 것이다.

독백

장미야 너의 계절이라고
초록빛 싱그러운 세상에
붉은 꽃송이를 여왕처럼
향기롭게 많이도 피워 놓았구나

너를 볼 때마다
나의 꽃을 피우고 싶다
달과 계절을 정해두지 않고
누군가의 가슴에
오래 기억될 수 있는
나만의 꽃을 세상에 피우고 싶어

그럴 수 있을까
녹음이 짙어가는 푸른 가슴에
예쁜 꽃씨 콕콕 심어놓고
영원히 사랑받고 싶다

이 세상 마지막 날에
감빛 노을 보이면
시처럼 살다가
시 꽃같이 웃었노라 말하고 싶다.

푸른 시절

세상이 만만치 않다는 걸
까마득히 몰랐던 유년 시절
사립문 열고 동구 밖 나서면
산과 들녘은 우리 놀이터였네

배고프던 시절 푸른 들녘은
간식 내어주는 점방 같았지
향긋한 봄을 바구니에 담고
청보리밭 이랑에 앉아

보리 피리 꺾어 불며
뽑아먹던 풋풋한 삐비 속살은
어찌나 희고 부드러운지
흰 쌀밥보다 더 달콤했었지

맑은 개여울에 시간을 잊고
물고기 가재 고동 잡으며
꼴망태 메고 소 염소 몰이할 때면
강아지도 좋아서 꼬리를 흔들었었지

그렇게 행복했던 나 날
어찌 잊을 수 있으랴
푸른 시절
푸른 청춘이 이토록 그리운 건
다시 돌아갈 수 없기 때문이겠지.

그래도 행복했습니다

부끄러울 것도 없지만
자랑할 것도 못되는
가난이란 놈이
어린 소녀를 더 일찍 영글게 했다

젖어있는 어머니 눈가에서
사랑을 배웠고
담배 연기 한 모금에 고뇌하시던
쓸쓸한 아버지 뒷모습에서
측은지심을 알아버렸다

손에는 책을 드는 날보다
삽 괭이 낫 호미를
드는 날이 더 많았다지

꼴망태 메고 나간 상큼한 들녘에서
낫에 베인 풀이 쓱 쓱 소리를 낼 때
여린 풀도 아파하는 신음을
향기로 말한다는 것을
그때 알았습니다.

사월의 봄

누가
사월을 데려왔나
그토록 잔인하고
이토록 아름다운

지난날
아프고 아린 가슴에
그대는 꽃비로 와
밤새도록 토닥이며
쓸어내린다

눈이 부셔라 사월의 봄
맑은 햇살에
토해 내는 초록의 빛
우리 젊은 날처럼 아름다워

발길 닿는 곳마다
형형색색 아름다운 꽃
바라만 보아도
마냥 좋은 것처럼
우리 그렇게 웃고 살자.

행복한 오월에

춥지도 덥지도 않은
행복한 오월에
비가 자주 내립니다

어제 하루 햇살이 고아
싱글벙글 방긋방긋 웃는
꽃잎에 바람이 속삭이더니
오늘은 또 비가 내립니다

지나간 햇살이
벌써 그리운 것일까
담장넘어와 송이송이 피어난
붉은 장미꽃도 따라 웁니다

비처럼 그리움이 내리면
창밖을 바라보며
따뜻한 커피 향에 떠오르는
그리운 사람을 생각합니다.

오월이 좋은 이유

초록빛 싱그러운 풀냄새
아리따운 풀꽃이
고운 나비를 부르고
오월이 무르 익어간다

물 맑은 냇가에 소풍 나와
고동 잡는 삼매경에 빠진 띠앗
아득한 추억속으로 빠진 듯
마냥 행복한 오늘이다

어디선가 솔솔 불어오는
아카시아 향기 그윽하고
길게 드리운 그림자 아래서
젖은 추억을 말린다

눈이 부시게 푸르른 날은
산 좋고 물 좋은 곳이면
어느 곳에 서 있을 지라도
일상의 고단함이 날아가겠다.

산목련

깊은 산속에 호올로
새벽이슬 같이 웃는 순백의 꽃이
천상의 여인 산목련이라고

대룡산 산장에 어느 시인이
이름을 가르쳐 주기 전까지는
그 꽃을 모르고 살았습니다

첫눈에 보아도 신비로운 꽃이
공해로 찌든 속세가 아닌
인적이 드문 청산에
겸손함으로 달빛 아래 고요히 피어

첩첩산중 별이 쏟아지는 밤
어느 외로운 시인의
벗이 되고 시가 된 꽃이여

바람도 쉬어가는
대룡산 한 자락에서
청초한 여인의 모습으로 웃는 산목련
그대 이름을 불러봅니다.

5월이면

황량하던 산야에
연초록 해초를 풀어 놓은 듯
제 모습을 갖추어 가는
싱그러운 5월이 좋다

나무에 매달린
우아한 꽃송이도 좋고
발아래 베시시 웃어주는
조막만 한 꽃들도 좋다

생명이 있어
푸릇푸릇 자라나는 새싹들
광택을 입혀주는 태양이 있기에
더 눈부시게 빛나는 것을

지금 꿈을 먹고 있는
파릇파릇한 저 어린것들 보며
몸도 마음도 푸른 바람이 부는
5월이 되고 싶다.

그랬으면

창가에 내리는
아침 햇살이 영롱하고
모닝 커피잔에 그리운 얼굴 하나

바람결에 날아온 장미향이
그대 냄새 같아
붉은 장미 가득한
싱그러운 뜨락을 거닐어보네

생동감 넘치게
푸르고 아름다운
5월
5월처럼

살다가 살다가 살아가다가

자연으로 돌아가
진정 그리운 사람 만날 때
메마른 장미꽃 보다
곱게 물든 가을처럼

그랬으면
그랬으면
좋겠네라.

5월은

파란 하늘에
하얀 뭉게구름이

두둥실 떠가고
봄도 멀어져 가네

높새바람에 살랑거리는
초록빛 푸름에 마음 걸어두고

쉼 없이 흐르는
맑은 개여울 따라 걸어보네

내 키보다 훌쩍 큰 나무
발아래 미소 짓는 여린 풀꽃

5월은
언제 보아도 겉과 속이
한결같은 해맑은 얼굴

그대가 내 벗이라
외롭지 않네.

다시 봄

봄바람이 살짝 한 번
스쳤을 뿐인데
봄이 눈웃음치고

봄바람이 아프게 한 번
껴안았을 뿐인데
봄꽃이 핀다

봄은 그렇게 설렘으로 와
그대와 내가
첫사랑 하듯
봄볕이 속삭이며

바람으로 태우고 태우며
봄을 활짝 피워낸다.

들꽃처럼

맑은 햇살 양식 삼아
싱그럽고 예쁜 들꽃
보면 볼수록 아름다운 들꽃처럼
나도 그랬으면 좋겠습니다

어둡고 차가운 땅속에서
밀어올린 새싹 누구 하나 지켜주고
사랑 주지 않아도
꾸밈없는 자기만에 색깔로
향기롭게 꽃피운 순수한 들꽃처럼
나도 그랬으면 좋겠습니다

살랑살랑 부는 바람에도
흔들리는 애틋한 얼굴
가냘픈 자태지만
지켜보면 볼수록 강인한 들꽃처럼
나도 그랬으면 좋겠습니다

푸른 들판에 들꽃들이
끊임없이 피고 지고
멋진 그림을 연출하는 들꽃처럼
나도 그랬으면 좋겠습니다.

라일락 꽃

보랏빛 곱게내린
가녀린 얼굴

작은 별꽃들이 함께
어우러져 탐스럽고
우아한 꽃송이

라일락 꽃 고운자태
그대가 좋아 한참
바라 봅니다

그대가 멀리 있어도
곁에 있지 않아도
바람결에 날아오는
기분 좋~은 향기가
그대인걸 알아요

그대 향기 바람이
내 임 보고 싶고
그리운 마음 아픔도
날려 주기를

이 봄이 다 가기전에.

사월에

봄비 그친 하늘에
유난히 맑고 보석처럼
빛나는 햇살
그대의 따스한 눈 빛으로
빈 가슴에 가득 담아본다

흐드러지게 핀 벚꽃을 바라보니
그대가 해맑게 웃고 있다
사라진다 짧은 인연처럼

바람이 분다
하얀 벚꽃이 하늘 거리며
가벼운 몸짓으로 사뿐히 날린다
시리도록 추운 한 겨울도 아닌데
하얀 꽃바람이 분다
사월에.

봄의 상심

가랑잎 적시듯 봄비 구슬피 내리네
마음의 상심 밀려와
나는 술잔을 드는데 봄은 나보고
꽃향기에 취해보라 하네

내 임이 보고 싶고 그리워
눈가에 이슬 맺히는데
봄 한줌 손에 꼭 쥐고 묻으라 하네

봄바람이 말하네
버거운 것 외로운 것 아프고 서러운 것
살랑살랑 봄바람에 살포시 날리우고
비우라 하네

진달래 개나리 온갖 봄꽃들이 만개해
형형색색 꽃물결 이루어
벌 나비들에 춤사위 봄꽃들의 향연을
구경하라 하네.

봄은 첫사랑

봄은 설렘입니다
벚꽃 사랑스럽게 눈뜨고
화사하게 웃는 입술

풋풋함으로 대지를 깨우고
생글생글 피어나는 얼굴
첫사랑 할 때처럼
봄은 가슴 떨림으로 오는 소리

형형색색
고운 빛깔
곱게곱게 사랑으로 물들어 가는
화사함과 화려함에 극치

싱숭생숭 들썩이게 하는
싱그러운 한 폭의 수채화 같은
청춘의 꽃도
중년의 꽃도
봄은 첫사랑 같은 설렘입니다.

추억 고향의 봄

뒷동산에 연분홍치마 휘감으면
살며시 진달래꽃 따서 먹고
바위 밑에 앉아 솔방울에 불 집혀
고구마 썰어 구워 먹으며
사색을 즐기던 그때가 그립다

투명한 이슬 거울에
내 얼굴 비춰보고 영롱한
이슬 한 방울 곱게 따서
약지 손가락 위에 언저 놓으면
눈부신 아침 햇살이 보석 반지 만들었지

바구니 옆에 끼고 달래 냉이
쑥부쟁이 캐고 풀씨 나물 뜯다
핑크빛 곱게 내린 풀씨 꽃 따서
꽃반지도 만들었지

마을 앞 개울넘어 지나가는
기차 기적 소리에 손 흔들며
청 보리밭 사잇길 거닐었던
둘도 없는 내 소꿉친구 소녀야
그 시절이 참 그립구나.

어느 봄날

꽃피는 어느 봄날
소와 쟁기로 논갈이하시는 아버지
새참 갖다 드리러 가는 길

노란 주전자에 막걸리 한 됫박
가지고 들길을 걸어가는 나를
작은 풀꽃들이 먼저 반긴다

워워 이리야 소를 새우고
논두렁에 아버지와 함께 앉아
어떤 의미를 지닌
자연에 먼저 고수레 한 다음

걸쭉한 막걸리
마늘 한쪽 안주 삼아 드시고
너 한잔 해보련 따라 주신다

쓸쓸한 아버지 모습을 가슴에 담은 채
쫄쫄 흐르는 도랑물소리 안주 삼아
주신 술 한 잔 마시니

기분 좋게 살랑살랑 불어오는
꽃바람처럼 올 가을에도
풍년이 들었으면 좋겠습니다.

꽃잔디 꽃

밤하늘에 빛나는 별들이
지상에 촘촘히 수를 놓은 듯
핑크빛 곱게 물든 꽃이어라

작고 앙증맞게 예쁜 꽃
입가에 미소 짓게 하는
좋~은 향기가
내 동생 고운 마음 이여라

따사로운 햇살에도
굴하지 않는 화사한 미소가
향기 가득한 내 형제들
다정히 웃는 모습 같아라.

봄 오는 소리

시리도록 추운
긴 겨울잠을 보내며
봄 오는 소리 들리는 듯하네

동구 밖 뛰어노는
아이들 웃음소리
바짝 마른 나목 물오르며
떠났던 내 임들 꿈틀대고

보고픈 내 임들 기다리네
구속받지 않아
멋 부리지 않아도
화사하고 수수해
더 아름다운 들꽃 내 임들

봄 오는 소리
내 임 오는 소리
기다리네 그윽한 향기
솔솔바람 타고 들려오네

봄맞이

햇살은 참 고운데
찬 바람이 붑니다

혹한의 한 겨울을
잘 견디어 내라고
철새들의 쉼터가 되어준
마른 풀숲이
말을 건네 옵니다

이젠 때가 되었다고
돌아가야 할 때
자신이 말끔히 돌아가야
싱그럽고 화사한
새봄을 가득 안을 수 있다고

강가에 개울가에
봄기운 감도는 바람이 일면
바스락 바스락
마른 풀숲이
서럽게 울어 댑니다

빛바랜 자신을 말끔히 보내고
향긋한 새봄을 맞이하라고.

매화 꽃

앙상한 잿빛 뜨락의
환한 미소로
다소곳이 오신 임이여
청아한 향기에
고결한 자태로다

뼛속까지 스며드는 시린 바람에
굴하지 않는 의연함으로
잔잔한 꽃 수를 놓으니
기품있는 여인이로다

새봄에 첫 만남으로
설렘을 주는 임이여
자꾸자꾸 눈길이 가는 것은

보내고 싶지 않지만
또 떠나갈 것을 알기에
임의 아름다움을 오래오래
기억하고 싶은 마음이로다.

제주 사려니 숲

초록빛으로 한껏 성숙해진
5월에 푸른 산을 입고
제주 사려니 숲길을 걷는다

아! 참 좋다
신선하고 맑은 공기
예쁘고 독특한 식물
온몸에 스미는 그대 향기

너로 인해 심신까지
맑아짐을 알 수 있기에
네 자매 가족이 함께
멀리 여행 떠나와
그대를 찾는 사유이다

오르막 내리막 하기를
몇 번 거친 호흡 숨 고르니
매력적인 정취에 바람 불어와

그대 숲에
운치를 더하는
아름다운 편백나무 사이로
너울 거리는 빛이 평화롭다.

3월에 봄은 왔건만..

이 땅에 불어온 검은 바람
반갑지 않은 코로나19
세상을 뒤흔드는 고통
슬픔을 달래주듯
3월에 봄비가 내린다

이 비가 그치고 나면
생글생글한 어린 새싹들
마음 놓고 자랄 수 있겠지
톡톡 꽃망울 터지듯
꾹 가린 입술 열어 웃을 수 있겠지

우울하고 아픈 요즘 세상
어둠을 밀어내고
아침을 맞는 해님같이
자라나는 봄이
싱그럽게 꽃 피우는
그날이 어서 오기를.

구름 꽃

하늘을 나는 비행기
창문 너머 내려다본 하늘길에
광활하게 피어난 구름 꽃이
눈이 부시게 아름다워라

바람따라 흐르는 구름과 구름 때
양떼처럼 목화솜처럼
펼쳐놓은 예쁜 구름 꽃

성난 파도 같은 폭우로
때로는 감미로운 꽃 비로 내리면
푸른 대지에 생명수 되겠지

아무도 살지 않는 저곳
삼라만상에 꿈과 사연이
하늘을 나는 비행항로의 길

아~ 새털처럼
가벼운 날개가 있다면
끝없이 광활하게 흐르는

하얀 설경 같은 구름 위를
사뿐사뿐 타고 나르며
여행하고 싶어라.

02

나의 노래

당 / 신 / 그 / 리 / 움 / 에

비로 오신 임

비로 오신 임이여
어이하여 난간에 매달려
닫힌 창문 바라보며
하염없이 울고 있나요?

비로 오신 임이여
그대도 이곳이 그리워
찾아 왔나요
그리울 땐 그렇게 맘껏 울어 봐요

그런다고 그리움이 지워지지 않겠지만
속이 후련하게 다 쏟아내어
그대 눈물로 메마른 가슴
촉촉이 젖어들게 하시고

맑은 햇살에
푸르른 날
꿈속으로 오셔요
그리운 임이여.

그리운 그곳

상큼한 새벽바람 맞으며
해안가를 산책할 때 보았었네
투박한 돌덩이에
애무하는 하얀 물거품
젖어드는 그리움을

구멍이 송송히 난 까만 돌담에
부딪치는 향긋한 바람 소리
설렘으로 안겨왔던 노란 꽃물결
행복했던 순간들

여인의 살결 같은 하얀 백사장
에메랄드빛 바다 풍경
그대 안겨오는 푸른 물빛
그리운 기억들

온전히 하늘을 품은
제주의 푸른 바다
끝없이 펼쳐지는 수평선 끝
하늘과 바다가 맞닿은 곳에
나의 진한
그리움 한 조각 걸려있네.

어느 여름날의 하루

바람이 머무는 곳에
햇살이 쉬어 가던 어느 여름날
초록 이파리 위로 유혹하던 산딸기
붉은 입술들을 적신다

인정 많은 어느 시인의
낯익은 산장 풍경인데
거스를 수 없는 자연의 순리인 듯
금낭화 지고 달맞이꽃 웃는다

동심을 잠시 소환해 본 듯
솜털 뽀송뽀송한 개복숭아를 따고
풀꽃 반지 끼워줄 때 처음 해 보는 듯
소녀같이 환하게 웃던 그 녀

그렇게 멋진 여름날 하루가
거울같이 흐르는 세곡을 타고
시인의 노래가 되어간다.

비양도에서

도도히 아름다운 섬
시원한 갯바람에
뻥 뚫린 가슴이
두둥실 창공에 걸려 있다

섬 속에 예쁜 섬
물빛이 고운 비양도
소라의 속삭임에
마음을 사로잡는 푸른 물빛

내가 남긴 흔적 위에
누군가 또 수천 번의
추억을 덧칠할 것이다

아득한 수평선
딴 세상에 혼자 서 있는 느낌
외로움이
그리움을 살짝 꺼내본다

파도와 거친 바람에 자란
푸릇푸릇한 이끼에
감칠맛 나는 노을빛 묶어
보랏빛 꿈 엽서를 띄운다

그리운
내 사랑에게.

아들에게

모진 세월 푸른 솔잎에
눈보라와 태풍을 견뎌내고
푸르디푸른 저기 저 소나무
올곧고 아름답구나

스물두 살 병영생활 중에
추운 겨울 은하수 별이 된 아빠
풀꽃 같은 샛별이 심성 때문에
마음으로 노심초사했건만
의젓한 모습으로 돌아온
우리 샛별이 장하다

아들아!
굴곡 없는 삶이 어디 있겠냐만
살아가는 동안 버거운 날 있거든
눈물로 밥 말아 먹은 엄마를 기억하거라

인생은
사시사철 푸르지만 않으니
빈 가슴을 사랑으로 채워가면
이 세상은 바로
우리 샛별이 너의 무대이다
한바탕 신나게 놀아 보거라.

기억이 머문 고구마 밭

너를 심으려 쟁기로 밭갈이할 때
심한 봄바람이 불 때마다
황무가 춤을 추었다

불타는 긴- 여름 붉은 속살
어머니 가슴에 품어 자손 번창하며
붉은 줄기 마디마다 하얀 힘줄
땅 짚어 가며 흥얼거리는 노랫가락 속에
한세월 이어온 우리의 명줄

산으로 에워싼 이곳에
안개가 짙게 휘감고
산 아래 두터운 안개 강을 이루면

나는 구름위에 떠있는 것 같고
구름 속에 사는 것처럼
환상 속에 공주가 되곤 했다

무서리 내리기 전에
너는 붉은 줄기 둘둘 말아놓고
우리가 사는 집으로 걸어가
방 한켠에 둥지 틀고
한 겨울 우리의 명줄 또 이어갔지.

엄마와 돌 학독

친구 같은 엄마 돌 학독에
보리쌀이 놀러와 까만 때 벗어놓고
바람처럼 가마솥에 들어가고
한쪽에 살짝 흰쌀이 같이 익어갔지

당신 돌 학독에
붉은 고추 마늘 생강이
젓갈하고 흰밥을 데리고 와
한바탕 어우러질 때

풋 냄새 가득 싱그러운
초록 열무가 놀러 와서
맛깔스러운 붉은 옷을 입혀주니
날아가 밥상에 꽃이 되었지

까만 가마솥에 보리밥
구수한 냄새가 밥상에 더해져
온가족이 웃음꽃 가득 피어나니
당신이 너무 좋아서
행복한 미소를 지으셨지요.

여름날 밤에 추억

서산에 노을 지고
어둠이 내리면
넷 다섯 명이 모여
산 수박 서리 민화투 게임한다

방안에 장미꽃 피고
국화향기 가득
마당에 모깃불
안개 꽃으로 자욱하고

냇가에 나가
휘영청 밝은 달을 품고 멱을 감는다
돌에 난타당한 산 서리 수박
허기진 배를 채우고

밤하늘 별꽃들 소곤소곤
사랑과 꿈을 노래하고
풀 내음 가득하고 모기떼 극성인데

반딧불이 깜박깜박 비행을 하며
여름밤을 수놓는다.

제주의 푸른 바다

창문을 흔드는 바닷바람에
커튼이 열리고 눈앞에 펼쳐진
제주의 푸른 바다
아침으로 온 그대는 설렘이다

돌담에 부딪치는 향긋한 바람
여인의 속살 같은
하얀 해변을 걷는다
철썩철썩 바닷소리
그대 안겨오는 물빛 그리움

아! 예쁘다
푸른 물빛
보고 또 보고 눈에담고
찰칵찰칵 눈을 뗄 수 없는
아름다운 물빛 풍경

하늘이 바다인지
바다가 하늘인지
하늘 보다 더 푸른 바다
끝없는 수평선 위에
내 모든 시름 띄워 보낸다.

애상(哀想)

이른 저녁 빼꼼이 열어놓은 현관문 넘어
누군가 배웅하는 속삭임 소리
갈바람이 실어왔다

나오지 말고 문단속 잘해
네 다녀오세요 음 잘 갔다 올게
그 평범한 일상에
소소하고 따뜻한 언어들이

그리워지는 순간
가슴이 먹먹해져 술을 부른다
은하수 강이 흐르는 그곳에
억겁의 반쪽이 떠난 후

긴 세월 잊혔던 밀어들
참 그리운 사람아 그대 얼굴
그대 목소리가 아른거려

먹물에 잠긴 이밤이 하얀 밤을
부를 것 같아 돌아올 수 없다는 걸
실감할 수가 없어서 현관문을 열어놓고
몇 날 며칠을 기다렸던
그때 그날들처럼.

풀꽃

보면 볼수록 예쁘고
돌아서면 또 보고 싶고
눈에 아른거립니다

큰 꽃은 커서 예쁘고
작은 꽃은 작아서
더 사랑스럽습니다

엄마가 우리를 바라보는
따뜻한 눈빛처럼
내 마음도 그렇습니다

이곳 저곳에
널려 있는 꽃은
찾아 다니며 볼 수 있어서 좋고

한 아름씩 무리지어 있는 꽃은
수반에 꽂꽂이 한 것처럼
잘 어우러져 아름답습니다

외로운 날에
너희 보는 기쁨이
살아가는 행복입니다.

돌덩이 위에 풀꽃

세월처럼 흐르는 개울물 속
덩그러니 놓인 돌덩이 위에
홀로선 풀 한 포기
연둣빛이 선명합니다

싹을 띄우고 뿌리를 내려
꽃 피우는 일은
작은 틈새 하나
이끼 한 줌이면 된다고

당당히 터전을 이룬
돌덩이 위에 풀꽃이 말을 합니다

외로운 곳에 천사가
한 톨에 쌀을 놓고 가듯
철새들이 깃털로 적셔와
털어주는 한 방울에 물
목마름에 단비 같습니다

질기고 강인한 것이
잡초이고 들풀이라 하지만
자연은 늘 새로운 것을
배우게 합니다.

개망초 꽃

가을날에 풍성함처럼
군데군데 여기 저기
하얗게 많이도 피어났구나

수줍게 웃고 있는 네가 있어
초록의 길섶이 아름답고
하얀 나비 사뿐사뿐 찾아드니
보기가 좋아 행복한걸

개망초 꽃이면 어떻고
들꽃이면 어떠하리
그냥 좋은걸

앙증맞게 아리따운
예쁜 얼굴에 작은 속삭임

하얀 개망초 꽃
어린 소녀여
여름날의 하얀 천사여

재동 백송(白松)

푸르디푸른 가을 하늘 아래
은은한 멋을 풍기는 그대는 누구인가?
옛 친구 만난 것처럼
반갑고도 반 갑 네라

아아 말로만 들어본 듯한
백송(白松) 그대를
이곳 헌법재판소 뜨락에서 만날 줄이야
내 삶이 여기에 올 일이 없으니
그대가 예 있는 줄도 몰랐네라

고고한 자태 가지 하나하나 마디마다
긴~세월 걸어온 그대 삶의 흔적이
오롯이 남아있어 귀히 하여라

그대 재동 백송은
하얀 자태로 평화로움을 상징하듯
한겹한겹 허물을 벗어내며
무언가를 일깨워 주는 듯

길지도 않은 생
자신처럼 멋스럽게 백년해로 하며 살라고
너와 내가 사는 세상을 내려보며
잔잔한 미소를 보내네.

▶ 백송 꽃말은 백년해로입니다.

자작나무 숲

하늘은 푸르고
햇볕은 따갑게 내려 쬔다
턱턱 막히는 숨 고르며
고송이 즐비한 에움길 돌아 찾은
인제 자작나무 숲

와~멋지다 깊은 산중에
벌거벗은 깨복쟁이처럼
하얀 몸매 자랑하며
쭉쭉 곧게 자란 자작나무

천국에 온 것처럼 환상적이고
눈부심으로 환~하다

스스로 제 팔을 툭툭 쳐내고 자라서
자작나무인가?
분칠한 것처럼 뽀얀 몸에
상은 자국 또렷이 남기며
세월을 걸어가는 그대 숲이

또 다르게 색다른 느낌
새다른 공기에 맑아진 마음
온 세상이 티 없이 맑고
아름답게 보입니다.

회상

고즈넉한 저녁에
능수 버드나무 아래 앉자
20여 년 전 생에 첫 집을 장만하고
행복했던 그때를 회상합니다

7남매 중 제일 먼저 집을 샀다고
직접 농사지은 쌀로 떡을 빚어
길게도 엮은 기차를 타고
먼~~길을 달려오신 부모님

점심때가 되어서도 짐 정리가 되지 않아
어수선한데 아버지가 그러셨지
밥상 필게 뭐 있느냐?

오늘같이 좋은 날
마루 바닥에 신문지 펴고
짜장면을 먹는다 해도 좋구나

어둠이 내린 도시의 밤
마당이 있는 시골집과 다르게
층층이 집집이 불 켜진
맞은편 아파트를 보시며

꼭 닭장처럼 보인다고
우스개 소리 하시던 그때
온 가족이 다 모여 웃음꽃 피우던
그날 그날이 그립습니다

시원한 바람 따라
달빛아래 길게도 늘어진
능수 버드나무 가지가
그날에 부모님 마음처럼
덩실덩실 춤추는 것 같습니다.

둥근 소나무

하늘을 찌르는 아파트 뜨락에
멋진 둥근 소나무
가지가지 많은 가지가
아름답게 어우러진 자태
칠 남매 우리 형제 꼭 닮았네

가지 많은 나무 바람 잘날 없을까
형제들끼리 서로 돕고
우애 있게 지내야 한다고
부모님이 당부하셨지

저곳에서 내려보고 계실까

삶의 긴 여정의 세월
때로는 한 겨울 삭풍같이
삶을 흔드는 시련과 아픔도 있지만
서로 위로하고 격려하며
잘 지내는 칠 남매 우리 형제

아침 햇살에 더 향기롭고 푸르게
빛나는 가지 많은 소나무처럼
둥글게 둥글게 어우러진
멋진 삶 살아가자.

폭우가 지나간 후

지난밤 폭우에 휩쓸려
쾌적하고 아름다운
산책로 둘레길이 삭막하여라

물속에 고기들 유유자적 하건만
매일 눈 맞춤하던 풀숲엔
새들의 노랫소리 들리지 않고
싱그럽던 초록빛 보이지 않네

풀꽃에 찾아든
나비의 향연도 볼 수 없고
한순간 보금자리 잃은
내 벗들은
다 어디로 갔을까

가장 낮은 곳에
폭우가 지나간 후
꺾이고 부러져 누운 순수함들의
신음 소리만 가득 하여라.

계곡

불 같은 태양
숨 막히는 여름엔
하얀 포말 일으키는
시원한 계곡으로 가자

바람소리 새소리 벗삼아
푸른 숲에 하나되어
우리 살아온 이야기
또 살아갈 이야기 하자

맑게 흐르는 화음
계곡 물소리 연주로
장단을 맞추면
한 줄에 시가 되고
노래가 되어 흐르겠지

먼 훗날
깊고 고요한 강물 되면
추억이라 웃을 수 있겠지

다 비워진 마음엔
새로운 꿈을 채워
희망 안고 돌아오자.

샘물 같은 숲을 사랑합니다

수많은 세월이 바람처럼 흘러도
늘 그 자리에 우뚝 서서
한결같이 만물을 품어주는 그대
순수하게 꽃피고 예쁜 것들이
내 벗이기에 푸른 숲을 사랑합니다

봄 여름 가을 겨울
계절이 오고 감에 따라 눈부심으로
오묘한 자연의 향기 내어주며
지친 몸 쉼 하고 가라 눈짓하는
아름다운 숲을 사랑합니다

맑은 공기 나무의 숨결
청아한 새소리 들으며 숲을 거닐 때
외로움과 상념 육신의 아픔도
한순간 잊을 수 있기에
샘물 같은 숲을 영원히 사랑합니다.

추억이 머물던 그곳에

멀지도 않고
너무도 가까운 곳인데
그곳에 한 번 가 보기가 두려웠나 보다

십 이년을 지나와서 가본 그곳은
옛 약수터 길도
약수터 자리도 흔적이 없다
떠나버린 너의 모습처럼

지나간 추억이 머물던 그곳엔
힐링하기 좋은 숲속 길로
자연의 신비의 소리가 즐비하다

청아한 소리로 흐르는 계곡물속에
너 와 나 옛 얘기가 흐르고

숲 속에서 새어 나오는
감미로운 스피커 선율은
새들도 반겨 무도회장인 양
나무 사이 사잇길을 노닌다

차가운 바람에 여민 옷깃 속으로
스며드는 로즈메리 허브향이
너의 냄새처럼 향기로웠다.

8월에 상사화

사랑이
그립고 또 그리운 마음
무성한 초록잎에 가득 새겨
다 녹아내린 애련함

그대가 보고픔 만큼
그리운 만큼
길어진 가녀린 긴~목에

못다 한 애절한 이 얘기가
얼마큼 많이 들어 있을까?
눈이 시리도록 아름다운
연분홍 상사화 꽃

화사한 고운얼굴 뒤에
가련한 사연 심장이 멎는 듯
도려내고 싶은 외로움

수많은 시간 세월이 흘러도
단 한번 바라볼 수 없고
함께할 수 없는 슬픈 사랑

그 쓸쓸함 위로
가을 소슬 바람이 분다.

야생화

길섶에 피어난
이름 모를 하얀 꽃송이
눈이 부시게 아름다운 자태가
그대 같습니다

이리 보고
저리 보고
다시 보아도 하얀 마음

단 하나의 사랑밖에 모르는
순결하고 지고지순 한
그대 사랑입니다

가장 낮은 풀숲에
소박하고 꾸밈없이
순수한 해맑은 미소
티없이 청념한 그대 모습입니다

고운 햇살 잔잔히 부서져 내려앉고
산들바람 불어와 꽃 향기 스며드니
그리운 그대 보고 싶은 마음의
또 사색에 젖어봅니다.

개천가에서(홍제천)

당신과 산책하던 개천가
오늘은 나 혼자 걸어봐요

예전에는 비가 오지 않으면
물이 없었는데
지금은 자연 생태로 조성돼
사시사철 물이 흐르고

물속에 유영하는 물고기 여유롭고
청둥오리 윤슬 다정하게 거닐어
바라만 보아도 좋아
개울가에 풀꽃이 향기로 반겨 주는데
마음은 왜 울적해지는지

오늘처럼 비 오는 날엔
꽃비 안주 삼아
술 한잔해도 좋으리.

개천가에서 2(홍제천)

쪽빛 하늘에 그리움 한 줌 담고
고운 햇살 벗 삼아
홀연히 산책길 나왔네라

개울가에 오디나무 열매가
짙은 향기로 무르익어
참새들 쉼 없는 노랫소리 흥겹고

풀꽃들의 향기에 나비도
사뿐사뿐 내려 안기네

아름다운 하얀 새 날갯짓
애달픔은 물속에 투영되어
그리움만 커져가고

이곳에 앉아 아프게 흘린
당신 눈물 창공에 쓴 눈물 편지
고요히 강물되어 흐르네

세월이 물처럼 아득히 흘러 가면
당신 모습도 희미해질까요
진실로 아름다운 사람아
보고싶은 사람아.

개천가에서 3(홍제천)

도심 속에 유유히 흐르는
맑은 물줄기 하나
생명수로 자연을 담는다

불볕 더위에
작은 휴양림이 되어주어
곳곳에 앉아 여름을 즐기는
여유로운 모습

은구슬 맺힌 싱그러운 풀잎 속
풀벌레 울음 소리
가장 순수한 얼굴 위로
쏟아지는 빛이 발산하고

크고 작은 이름 모를 철새들
함께 공존하며 호흡하는
자연이 살아 숨쉬는 이곳은
또 가을을 향해 준비하고

스피커에서 흘러 나오는
감미로운 음악은
은은한 향기처럼
추억에 젖어들어

은빛 물결 끝없이 번져가는
윤슬 위로 지난 그리움 한 조각
또 생각에 머문다.

칠월에 숲

강렬한 사랑하나 뜨겁게 태워
지난 그리움 한줌 배낭에 담아 메고
울창한 칠월에 숲
푸른 가슴에 안겨 본다

그곳은 언제라도 말없이 품어주고
맑은 계곡과 쉬어 갈 수 있는
가슴을 내어 주는 곳

울창한 숲 만에 운치있는 향기
풀내음 가득한 그 상쾌함은
두팔 벌려 쉼 없이 큰 호흡하게 하고
맑은 계곡 물에 발 담그며

흥얼흥얼 노래 소리
일상에 고단함 더위에 지친 삶
녹아 내리는 행복한 웃음소리
넘처나는 그곳

해와 달이 뜨고 지기를
수없이 반복 해도
아름다운 울창한 숲은 변함없이
아늑한 푸른 가슴 내어 주네.

밤 꽃

유월에 산 초록 물결 위로
하얗게 늘어진 밤꽃
가을을 담는다

진한 향기 바람에 날려
손짓하는 밤꽃
예쁘진 않아도 꿀벌들의 양식

벌 나비 머물다간 꽃 진자리
알알이 맺힌 열매
강한 햇살에 바람으로 태워
진한 가을색 담으면

접근할 수 없게 걸었던
얼굴 빗장 풀어내고
환한 웃음으로 사랑 담아

토해낸 토실토실 알밤
기쁨 되어 향기 날 ~리 운다.

나팔꽃

맑은 햇살 떠오르면
꽃 분홍 단아한 얼굴에
화사한 미소로
아침을 열어주는 나팔꽃

낮엔 고운 자태를 뽐내며
지나가는 발길을 멈추게 하고
붉은 노을 함께 움츠리는
순결한 천상의 여인

소슬바람에도
사르르 떨고있는
애련하고 아름다운 꽃

거센 비바람 불어오면
가냘픈 자태 날릴세라
지지대 꼭 감고 오르며 꽃 속마다
그리움 가득 담아내네

그대에 고운 꽃말처럼
하루하루 살아가는 동안
환한 웃음 웃을 수 있게
기쁜 소식만 가득 안겨주기를.

아카시아 꽃

오월 푸르른 산에
고개 숙여 하얗게 웃고 있는
아카시아 꽃이 기억 속에
아련한 그리움을 부른다

산동네 달동네 사람들
소박하고 인정 많은
수수한 모습처럼
향기롭게 가득 피었다

정감 어린 정겨운 마음
진솔하고 따뜻한 마음
줄줄이 엮은 향기
산동네 달동네 그대들

그 시절 잊지 않는다고
기억하라고

아카시아꽃 주렁주렁
그리움 달고 피어
바람 따라 구름 따라
진향 향기 그리운 향기
날 리 운다 .

강

깊고 고요한 강은
허공에 걸린
눈물과 한숨 소리 들을
이곳에 다 모이게 합니다

깊고 고요한 강은
봄 여름 가을 겨울
계곡에 풀어놓은
희열과 푸념들을
수정 같은 음률로
이곳에 다 흘러 들게 합니다

깊고 고요한 강은
해가 뜨나 해가 지나
싸리문 활짝 열어 두고
어머니 마음처럼 말없이
다 품어 안습니다

깊고 고요한 강물이
드넓은 쪽빛 바다로
묵묵히 흘러가야 하는
이유입니다.

홍 고추

여름날 아침 해님이가
방긋 미소 짓기 시작하면
내 고향 마을 앞 신작 로엔
붉은 융탄자가 깔린다

고된 시집살이 세월만큼
맵디매운 고추
서러운 눈물로 붉어져
새색시 다홍치마 걸쳐 입은 홍 고추

뜨거운 불볕에 자신을 눕혀
하늬바람에 사르르 사르르
더 붉게 더 윤기나게 태우는 것은
고된 땀방울에 값을 지불하고

이듬해 자신이 품고있는
황금에 씨앗으로 빈 들녘에
초록을 토해내고 싶은 것이다.

사별 / 1

때가 되면 계절은 찾아와
소리 없이 피고 지고 가는데

강 하나 건너간 내 임은
영영 돌아올 수 없다네

사별 / 2

마침표 하나로 떠나가는 임이 가여워
땅에 붙어버린 발이 떨어지질 않았어

보내고 돌아서 온 내 가슴에는
천만 근 되는 뜨거움이 흘러내렸어.

03
가을에는
당 / 신 / 그 / 리 / 움 / 에

당신 그리움에

저 높은 하늘에
슬픔 한 자락이 깔려
소리 없는 그리움이 흐릅니다

어디서 왔다가
어디로 가는 것일까?
가려진 계절 사이로 흐려진
그리움의 몸짓이 애 닳습니다

곱게 물들어 가는 가슴에
햇살 한 줌으로
그립다 가는 것들의 흔적이
나를 울게 합니다

어둠이 내린 창밖에
슬픈 입술을 깨무는 바람이
눈 먼 그리움의 속삭임에
또 당신을 그리워하나 봅니다.

가을에는

고요한 숲 그림같은 방죽에
물안개 살포시 피어오르고
사물놀이 하는 소금쟁이에
춤추는 연꽃을 보고 싶소

이슬 머금은 꽃잎에
속삭이는 햇살같이
푸근한 그대의 가슴같이
봄 여름 지나 가을에 안겨도
숲은 향기롭소

산들 바람에 톡톡 떨어져
자르르 윤기 흐르는 알밤에
그리움 하나 새겨 가을을 줍는
시인이 되어 볼 테요

아름다운 단풍길 곱게 물든
어느 가을날 하루쯤은
그대가 부르다 만 노래를 부르며
낙엽이 쌓인 길을 걸어 볼 테요.

울 엄마

선선한 바람이 좋던
어느 초가을 저녁에
벽에 걸린 수화기 너머로
엄마 목소리가 들려왔다

아가 너 잘 있었냐
너도 혼자고
나도 혼자구나 하시며

인자 다음달에 가을걷이
투닥투닥 해서 부치고
서울 올라가마

내 새끼들 다 모여서
하늘공원 구경하러 가자
엄마는 그래놓고
하루 이틀 사흘 많은 밤을
손꼽아 기다리는데

오신다는 날짜 며칠 앞두고
갑자기 쓰러지셔서
서울행 기차가 아닌
천국 가는 구름 노을을 타셨다

코스모스 같이 여린 자태로
평생을 흙만 만지시다가
가슴이 미어지게 떠나가신
그 여인이 울 엄마입니다.

내 아버지

아버지
꿈에도 그리운 내 아버지
어찌 그리도 허망하게
그 먼길을 홀로 쓸쓸히 가셨습니까

자식들 얼굴 한 번 보지 못하시고
손 꼭 잡고 말 한마디 못해보시고
원통하게 가실 때 얼마나 추우셨습니까

멀리 떨어져 있다고
내 살기 바쁘다고
자주 찾아뵙지도 못하고

큰 수술 받으셨을 때
제 집에 편히 한번 모셔보지 못한
이 불효 여식은 가슴에 깊은
웅덩이 하나가 생겼습니다

보릿고개 시절 녹록지 않은
살림살이 보리밥이라도
자식들 배불리 먹이겠다고

온 마음 다해 사랑을 주시고
온 몸으로 세상 사는 법을
가르쳐 주시던 아버지였습니다

질풍노도의 시기
객지에 있다가 어느 여름날 휴가 때
고향집 한번 내려가면 세월이
야속할 만큼 부쩍 야윈 모습으로

이 못난 여식이 아들 같다며
매캐한 모깃불 피워놓은 평상에 앉아
마알간 술 한잔 따라 주시던 아버지

부지런하시고 다정다감하시며
효심 또한 깊으셔서 타인의 존경을
한 몸에 받으셨던 아버지
이 못난 여식이 너무 보고 싶습니다.

초 가을

선선한 바람 가을 냄새
그대가 오고 있나 보다

한낮 뜨거운 햇살에
아직 풋풋한 열매들

노랑 빨강 주황 예쁜
나만의 색깔로
화려한 변신을 꿈꾸면

거리에는 갈색 꽃도 피겠지
소슬바람 불 때면 쓸쓸함에
당신이 또 그립겠지

산이 불타오르고
들판이 풍요롭게 물들면
나도 가을을 담아야겠다.

가을입니다

맑은 이슬 내려앉은 감나무에
찬란한 아침 햇살이 안기면
조막만 한 새들이 푸드덕 날아와
달콤한 홍시에 입맞춤합니다

가을엔 가을 이도
사랑이 하고 싶은가 봐요
순수하고 앳된 얼굴에 화색이 돌아
부끄러운 듯 수줍어합니다

가만히 귀 귀울여 봐요
가을 익어가는 소리 들리나요?
길가에 코스모스 한들한들 거리고
갈대숲에 쓸쓸한 바람이 일면
누군가가 그리워지는 가을입니다.

울게 하소서

쪽빛 하늘이 내려보는
겸허한 가을 들녘을 보며
지나온 삶의 후회가 되는 일들
자책하며 뜨겁게 울게 하소서

그리움으로 그립게 물들다
한 줌 재로 사라질 것들을 보며
처연함에 울게 하소서

한 가지 끝에 매달린
쓸쓸한 한 잎이 외로워 보일 때
이 가슴 치며 울게 하소서

어떤 인연으로 울고 웃다가
먼 길 떠나간 이들이
서럽도록 그리울 때

별빛 쏟아지는 밤하늘 보며
이 가을은 울게 하소서.

내장산 가을 지금은

내장산 단풍나무
축 늘어진 가지에
나풀나풀 치맛자락 같은
단풍잎은 아직 청춘이어라

감탄과 환호성 자아내는
붉은 물결 너의 고운 자태
오늘 볼 수 없음이 아쉽지만

수령이 오래된 고목과
단풍 군락지답게
따가운 가을 햇살 한 줌 받아낸
그대 단풍길은 아름다워라

맑은 계곡에
붉은 가을이 담겨 흐를 때
그리운 이와 함께

다시 찾아
두 손 꼭 잡고
도란도란 걷고픈
그대 숲길입니다.

구절초 피어날 때

갈바람 불어오는 구월에는
달보다 희고 별보다 고운
그대를 기다립니다

이파리가 쑥을 닮아서일까?
소담스러운 구절초 꽃은
당신 냄새 같은 향기가 납니다

내가 기다리는
순백의 곱디고운 임은
솔향 가득 머금은
솔숲 아래로 온다고 했으니

소나무 어깨 툭 치고 온 바람이
그대 소식 전해오면
주저 없이 설레는 맘으로

송이송이 하얀 꽃송이
눈부신 자태
고운 얼굴 보러 가리다.

그리움 2

가을비가 하염없이 쏟아지는
창밖을 보며 당신을 생각합니다
내 억겁의 인연으로 만났으면
행복하게 오래오래 곁에 있어주지

가슴에 묻고 그리워하며 살라고
물안개 사라지듯 허망하게
그리도 빨리 떠나갔나요

짙은 안갯속에 폭우가 쏟아져
차선이 보이지 않은 날에도
당신이 들려준 얘기들이 생각나
꾹 참았던 눈물이 뜨겁게 흐르네요

쓸쓸한 이 계절이 떠나고
나뭇가지에 하얀 눈꽃이 피어나면
당신의 따뜻했던 그리움을
이제는 어찌해야 하나요?

당신이 들려준 수많은 얘기
그 잔소리가 참 그립습니다.

그리움 3

어둠이 내린 하늘엔
별들이 하나둘씩 불을 밝히고
그리움 하나에 젖은
고요한 마음의 뜨락을 걷는다

미동도 없던 나무를 바람이 깨우니
떠오르는 그리움 하나
여기가 아프면 아픈 채로
그리우면 그리운 대로
꽃 물든 바람에 젖은 생각을 말린다

흐르는 세월에 줄어드는 삶
홀로 왔다 홀로 가는 인생
스며드는 외로움은 달빛에 걸어두고
노랫소리 낭낭한 새들처럼
즐겁게 살아보자

슬프고 아픈 삶 속에도
희망의 싹은 자라고
기다림의 꽃은 피어나리니
오늘은 오늘의 축배를 들자

그리움 4

당신이 그리운 날은
당신이 보고 싶은 날은
무작정 집을 나서
함께 걷던 산책길을 걷습니다

걷고 또 걷다가 보면
그대가 앉았던 자리
낯익은 돌덩이 하나 눈에 보입니다

그사이 해님이 벌써 다녀갔는지
임의 체온 인양 온기가 남아있는
돌덩이 위에 앉아서
당신을 생각합니다

나 없으면 너 어떻게 살래
산 사람은 어떻게든 살아질 텐데
암덩어리와 힘겹게
하루하루 싸우는 고통 속에서도

내 걱정을 해주던
바보 같은 사람이
오늘은 많이 보고 싶습니다.

그리움 5

빗방울 한두 방울씩
창문을 두드리면
술 생각이 난다
그대 떠난 텅 빈 가슴
너
그리움 때문일 거야

오늘처럼 비가 오는 밤이면
강물이 된 너의 눈물이
내 가슴에 흐르다
엄습해 오는 쓸쓸함은
너
보고픔 때문일 거야.

그리움 6

별이 빛나는 밤하늘에
그리움이 많이도 달려있다
두레박으로 퍼내어도
외로운이 가슴에 고이는 샘물같이

별을 헤는 밤하늘에
아련한 추억이 많이도 서려있다
별들이 속삭이는 따스한 소리에
익어가던 사랑이 엊그제 같은데

별이 내리는 밤이면
분홍빛 접시꽃 닮은 그대가
곁에 있으나
멀리 있으나
나는 그립고 그립다.

엄마 생각

그 이름 하나 떠올리면
소리 없이 눈시울이 뜨거워진다
한 해 농사 추수했다고
오만 가지를 가득 부치셨지

이제 함박눈 내리면
햇살 가득 먹은 비닐하우스에
싱그러운 야채 또 보내시겠지

자식이 뭐길래
손톱 밑이 닳고 닳도록 희생
엄마란 자리는 그런 것일까
느낌표 하나에 물들어
똑같이 살아가고 있지 않은가

자식들 위하는 일이
그것이 낙이고 행복이라고
눈발 날리는 푸성귀 한겨울을
또 그렇게 보내시다가

엄마는 쌉쌀한 머위 나물
한 상자 뜯어 보내시며
고향의 새봄을 알려 오셨지.

노을이 되어서

서녘 하늘에 걸터앉아
내려다보는 세상은
쪽빛 항아리 같아라

발아래 모여 사는
지상에 작은 꽃들은
붉은 빛의 날 보며 무슨 생각을 할까

오늘 밤에도 무수한 별꽃들이
피기를 기다리겠지
매달아 놓은 그리움 하나 찾으려

아! 주홍색 빛을 발하고 있는
나는 황홀하여라

바람 한 번 휙 지나가면
호피 노을은 형체도 없이
사그라지고 말겠지만
찬란한 아침은 또 오겠지.

내장산에 단풍이 들면

그대가
그리운 걸 보니 가을입니다
붉게 타오르고 있을까요
아직 푸른빛일까요

그대 고운 자태가 너울너울
너무나 아름답다고 하기에
새벽바람 가르며 달려갔어요

쪽빛 하늘에
청아하게 흐르는 노랫소리
붉은 치맛자락은
눈이 부시게 아름다웠어요

한 번쯤
꼭 다시 찾아 걷고 싶었던
낙엽이 쌓인 내장산 단풍길이
빈 가슴에 아롱아롱 거립니다.

노란 은행나무 잎

초록빛 떠난
가로수 은행나무에
노란 불꽃 피우며
타오르는 그대는
나트륨인가 은행잎인가
예쁘기도 하여라

은빛 바다에 소금이라면
반짝반짝 빛이 나는
보석 일턴데
그대는 한 일생을 마치려
불태우는 노란 단풍잎

바람이 불어와
우수수 흩날리면
가을 정취에 젖어
그것을 낙엽이라 밟으며
한 조각 추억을 남기지

내일이면 또 전설이 될.

가을에

푸른 하늘 찬 바람에
가을이 사랑하는 소리

옛날에 수줍던
새아씨 볼처럼
살짝 붉어진
가을 풍경이 예쁜데

좀 쓸쓸하고 외로우면 어떠하리

이 가을도 화려하게
불태우고 나면
또 이별이지 않겠는가

우리 인생도 살다 보면
풀잎 끝에 매달린 이슬처럼
만남과 헤어짐의 연속인 것을

고독도 즐기면 벗이 되는 것을

올 가을엔 내 마음도
곱게 물들어
가을소풍 해 보려 하네

빈집

텅 빈 집에 혼자가 된 시간
적막한 외로움 바람 같은 세월에
잊고 지냈던 인연들이
불현듯 떠올라 그리움에
아린 눈물이 맺힙니다

그대들은 어떤 모습으로
어떤 강을 건너
어떤 삶을 추구하고 있을까
숨 가쁘게 굴곡진 삶의
눈물의 세월이 아니었기를

한 번쯤 돌아보는 시간 속에
내 모습 기억해 줄까
나처럼 그대들도
그리운 아린 눈물 떨구어 줄까요

외롭고 쓸쓸해 보이는
텅 빈 나목 빈 가지에
연둣빛 눈망울이 그리운 만큼
그대들 얼굴 모습이
아리게 그립습니다.

감나무 감 몇 개 남겨둔 이유

네 가진 것 잎과 열매
다 내어 주면서
감 몇 개 남겨둔 이유
있었던 게야

홍시가 되길 기다리는 동안
보았던 게야
너도 어찌할 수 없는

불공평한 세상에
부족한 취업자리
번번이 고개 떨군 상실감
허공에 떠도는 한숨 소리들

삭풍이 불어오면
달콤한 홍시에
허기진 배 채우며
노래하는 새들처럼

우리 모두가 함께 웃는
행복한 세상을
보고 싶었던 게야
감나무 너는.

9월에 꽃무릇 상사화

그대를 향한
사무친 그리움을
토해낸 빛깔이다

뜨거운 그대 사랑은
붉은 노을처럼
황홀하지만

볼 수도 만질 수도 없는
슬픈 사랑
애달픈 몸부림에 얼굴

하늘에 무엇을
기도하려 함인가
끝없는

그대 그리움처럼
유난히 긴 ~ 꽃술
그 끝이 고고하다

그대 외로움이
부른 바람인가
조금 쓸쓸하긴 해도

9월에 바람이 좋다.

바라보는 저 하늘에

언제나 늘 그랬듯이
오늘 아침도 일어나
짧은 기도와 함께 창문을 열고
하늘을 바라봅니다

그곳에 당신이 있기 때문입니다

티 없이 맑고 청아한 하늘은
당신에 맑은 마음을 닮았습니다
바쁜 일상에 삶의 무게가 버거울 때도
문득 하늘을 바라보면
입가에 살며시 미소가 지어져
한순간 고단함 잊고 또 웃을 수 있었습니다

그곳에 당신이 있기 때문입니다

파란 하늘에 고운 햇살은
당신에 기쁨 같아
나도 즐겁습니다
먹구름 끼고 비가 오면
당신에 슬픈 눈물 같아
나도 우울하고 슬퍼집니다

바라보는 하늘에 당신이 있습니다.

가을 하늘 공원

인 꽃으로 러시아워 이루는
긴 행렬 속에 끼여
추억 한 조각 회상하며
숨 고르며 오르니

하늘하늘 가느다란 목 흔들며
맑은 미소에 수줍은 얼굴들
어여쁜 코스모스 꽃향기에 젖어
사랑빛 추억을 담아내고

그대를 사랑하는 마음도 환희의 찬데
그곳에 또 가보고 싶다던 세상 떠나신
어머니 모습이 그리워
부칠 수 없는 엽서 한 장
마음으로 써 허공에 뜨운다

갈색빛 자랑하는 억새꽃 향연은
사 그 작 사그락
그 추억 노래하듯 갈바람 타고
찬 서리 데려오면 하얀 머릿결 흔들며
또 그리움 되겠지.

노적

결실의 가을이 되면
백두에서 한라까지 붉은 단풍이 수를 놓아도
울 부모님 들판에서 추수하시느라
굽어진 허리 한번 쭉 펴지 못하셨지

풍족하게 내 새끼들 뒷바라지 못하면서
빚은 물려주지 말아야 한다고
남의 땅 다랑논 고지 먹어

비 소식 없는 마른하늘에
바짝바짝 타들어 가던 아버지 가슴
때아닌 폭우에 살점 떨어져 나가듯
씻겨간 논빼미에 망연자실

땡볕에 한숨 소리 섞어
한 포기 한 포기 일으켜 세운 벼
알알이 영글어 메뚜기도 폴짝폴짝 뛰어놀면
동살에 금빛 들녘에서 벼 베시던 아버지

논바닥에 낟가리 해놓은 볏단
한 짐 가득 지게에 지고 나르시며
삶을 뜨겁게 살아오신 아버지
깊고도 넓은 사랑처럼

마당에는 동그랗게 쌓아올린
태산같은 노적이 만들어지고
품앗이 일꾼 오고 가는 누런 막걸리 잔에
어둠이 내리던 내 유년.

향수

내 고향 뒷동산에
연분홍 치맛바람이 불어오면
풋풋한 소녀가
그 꽃물결 속을 거닐 때
삐죽삐죽 내민 봄을 새들도 반겼지

해님이 방긋 웃는 들녘에서
재래시장에 좌판처럼 앉아
향긋한 봄을 따서 바구니에 담으면
청보리밭 이랑에
푸른 임의 목소리가 들려왔지

흙냄새 날리는 신작로 길 따라
애처롭게 속삭이는 코스모스
춤추는 황금 물결에
농부에 환한 웃음소리가 들려왔네

작은 풀꽃들이 발아래서
생긋생긋 웃어주는 논두렁에 앉아
아버지가 한잔 따라주시던
붉은 냄새 나는 막걸리

그날이 참 그립습니다.

구절초

이렇게 아름다운 가을에
보고 싶어서
봄부터 기다렸어
사랑하니까
가을에 하얀 신부

예전에도 사랑했고
지금도 그래
영원히 사랑할 것 같아
가을에 여인

바람이 분다고 흔들리지 마
가는 실바람에도
하얗게 웃고 있는 맑은 모습에
멍울 자국 남을까?

코스모스 닮은 너
작은 국화꽃 닮은 너
그래서 더 사랑해
가을에 향기.

개천가에서 4(홍제천)

깊어져 가는 가을
한 잎 두 잎 떨어지는 낙엽 따라
산책길 걷는다

산국 쓰다듬던 소슬바람에
상념을 풀어놓으니
그대 향기에 맑아진 마음이다

빛바래져 가는
개울가 풀숲에 풀벌레 노랫소리
별빛 간간이 보이는 밤하늘에
내일의 희망을 띄운다

가로등 불 투영된 온화한
은빛 물결 윤슬 위로
야영하는 청둥오리들
보기 드문 야경이 발길을 잡는다

어느 유명 가수가 부르는
익숙한 노랫소리가 구민들을
모여들게 하는 이곳 홍제천은
오늘 밤 생명의 축제를 한다.

개천가에서 5(홍제천)

청아한 하늘빛 담은 개여울에
따사로운 가을 햇살이
그대 눈빛처럼 반짝이고
봄날 수채화처럼 채색된
가을색 담은 그리움이 흐르네

바람이 연주를 해
때론 강하게 또 약하게
리듬을 타고 가을에 꽃
만추의 낙엽이 흩날린다

눈앞에 펼쳐진 가을 풍경에
지난 기억 속에 추억들
새록새록 떠오르고

교각마다 전시된 산책로 미술관은
바쁜 일상에 힐링하면서
감상할 수 있는 또 다른 기쁨으로

산책길을 걷는 동안
우수수 흩날린 낙엽은
그대가 되어
내 발 자국 따라오고 있다.

설악의 애상

하늘이 품어내린 설악
설악의 경이로움과 아름다움을
품은 가을 하늘
만추와 설경을 한 날에 같이
볼 수 있는 대자연이 이토록 아름다운데

빛바래 떨어진 만추에 낙엽 사이
드문드문 고운 빛깔 단풍이
그대와 함께
여행 왔을 때를 회상하니
이제 함께 여행할 수 없음이 처연하다

지난 세월 속에 그대는 가고 없는데
설악의 아름다움은 변함이 없어
추억을 담으려는 셀카에도
은은히 부서지는 햇살
사색으로 와 안긴다

푸른 바다의 은빛 갈치 미끄러지듯
하얗게 부서져 흐르는 비룡폭포 계곡에
부모가 자녀를 챙기듯 동생을 챙기는
울 언니 따뜻한 향기와
내 하얀 그리움이 흐른다.

가을을 보내며

찬 바람이 분다
채 떨구어 내지 못한
빛바랜 미련이
해 뜬 날 빗방울 떨어지듯 날린다

바람이 분다
또르르 구르는 낙엽
한 장 한 장 눈빛으로 담은
애틋한 그리움

너의 아름다운 유혹은
설렘과 행복 그 자체였건만
잎새 떠난 나목
먹빛 잔가지들 수묵화에
하얀 사랑 담을 수 있을까요

차가운 겨울 그 냉혹함에
밀려가는 가을에 여운
또 긴 기다림은 시리도록
그리운 그대입니다.

마음

꼭 내 마음처럼
꼭 나 사는 모습처럼
시시각각 색다른 얼굴 보여주며
울고 웃어주는 하늘

슬픔이 한가득 찰 때엔
맺힌 눈물 눈물
후드득 한바탕
쏟아 내리고 나면

눈빛 끌리는 마음까지
설렘이 되게
푸르고 아름다운 하늘

늘 바라볼 수 있음이 좋아
서녘 하늘에 붉은 노을이
부를 때까지

항상 웃는 삶이고 싶은데
그럴 수 있을까.

04

그리움에 눈이 내리면

그리움 1

겨울이 빨리 지나고
봄이 왔으면

하늘 빼곡히 여백 없이
날리는 하얀 눈꽃 속에
당신 얼굴이 있어
보고싶다
사랑아
하얀 눈꽃이 날리면
자꾸 생각나
눈꽃 타고 간 당신
시리도록 아프게 떠나던 날 얼굴
자꾸 눈물이 나
하얀 눈위에
당신 이름 썼다 지우고
또 써놓고
해님이 방긋 웃고
녹여버리면 어쩌나?
하얀 눈꽃이 더 내려와
묻혀버리면 어쩌나?
자꾸 바라만 봐.

단 하나의 사랑

돌아보면
그 고운 당신을 보내고
울고 웃다
멈춰버린 시간 속에
깊어지는 애상의 삶

내 생의
진실로 아름다운
단 하나의 사랑아

시린 달빛 같은 아픔도
사라지는 하루하루 같이
아린 그리움으로 살아가 지더라
이월愛 태양으로 서 있던 임아

미안해하지 말아요
함께 추구했던 여정
짧은 봄날 속에 희열
잊지 않는답니다

아무런 상념 갖지 말아요
남기고 간 바람처럼
당신에 몫까지 등불이 되어줄게요.

어머니 그리운 향기

당신 향기보다
더 좋은 것이 있을까요
일곱 자식 가운데 네 번째까지
줄줄이 딸을 낳아
미역국은 푸른 바다에 걸리고
고단한 시집살이 샘물 같은 자식 사랑
가슴 속으로 흘린 눈물이 몇 동 인지요

당신 마음보다
더 아름다운 것이 있을까요
궁핍한 살림살이에도
넉넉한 마음 따뜻한 손길은
풍으로 쓰러지신 할미꽃
이십여 년 지극한 병시중은
타인에 본보기가 되었습니다

당신 사랑보다
더 깊은 것이 있을까요
꼭 졸라맨 허리띠 배고픔은
뒤 뜨락에 생풀 뜯어 채우시고
똘망똘망한 어린 눈에
미안하다 하신 뜻을
너무 늦게 알고 보니 갚을 길이 없어
슬픔만이 흘러내립니다.

길

세상에 꽃으로 태어나
문득 걸어온 길 돌아보니
어느덧 길고도 먼 길을 걸어왔다

육십 년이란 세월을
자신과 싸우며 달려온 시간이
평탄한 꽃길만이 아니었기에
그냥 흐르는 것이 뜨겁다

내 삶의 친구가 되어준
희로애락(喜怒哀樂)과 함께
온 힘을 다해 걸어와 받은 상이
은빛 머리에 골 깊은 주름살이다

그러나 살아 있다는 것은
아직은 가야 할 길이
남아 있다는 것이다

인생 이모작처럼
다 가보지 못한 길이
운명처럼 열려 있기에
봄날 같은 그 길을 힘껏 걷고 싶다.

내 안의 등불

하얀 눈꽃 송이에
당신을 싸 매어 보내고
숱한 낮과 밤이
뜨겁게 흘러내려
고요한 강을 이룹니다

고독이 어둠을 살라 먹는
빈방에서 당신을 잊어 보려고
일에 매달린 세월에도
깊어지는 애상은
그리움이 혼 술을 부릅니다

함박 웃음 짓던 햇살 같고
이슬처럼 맑았던 사람아
그곳에선 아프지 마요

다음 생에 또 내 억겁의 인연
첫사랑으로 만나게 되면
한눈에 알아볼 수 있게
반짝반짝 빛나는 푸른 별 되어요

내 안의 등불로 타는 사랑아
쌓여만 가는 낙엽 한 장 위에
보고 싶어 라고 써놓습니다
뜨거운 시인의 눈물로.

겨울 속으로

삭풍이 불어오고
흰 눈꽃이 내리면
맛있는 겨울이 생각난다

청솔가지 붉은 장작불에
군침 돌게 익어가던 노란 속살
살얼음 동동 엄마표 동치미에
겨울밤은 이야기 속으로
맛있게 익어갔다

붉은 해와 하얀 달이
수없이 뜨고 지고 할수록
그 시절이 더 그리운 것은
머리에 서리꽃 피고
엄마 나이가 되어서이다

맑은 이슬 같은 세월에
들꽃 닮은 소중한 그대들
하나둘씩 다 떠나가고
조금씩 변해버린 그곳은
기억 속에 그리움만 가득하다.

시인의 노래

사랑했던 그대가 떠나고
흰 눈이 내려와 내 맘을 흔들면
숨길 수 없는 보고 품에
멍하니 하늘만 바라보아요

수많은 사람이 오가는 길을
애처로이 걸어 보지만
보이지 않는 그대 모습에
마른 가슴이 울어요

둘 곳 없는 공허한 마음 떠나
하얀 그리움이 내리는
설경(雪景) 속을 걸으며
예쁜 시(詩)나 한 수 지어
별빛에 걸어 놓을래요

내 가슴속에 사는 사람아
소중했던 내 사랑아
시인은 이렇게 노래 불러요
그대를 사랑합니다
그대를 사랑합니다.

그리움에 눈이 내리면

때가 되면 피고 지는 계절,
때가 돼도 오지 않는
강 건너의 임

꼭 첫눈이 아니어도
송이송이 눈꽃송이 내리면
마음은 소녀처럼 들떠
추억을 걸어 보는데
두 눈엔 이슬이 맺힌다

굳이 기다리지 않아도
하얀 겨울은
당신인 양 찾아와
애써 토닥이던 그리움을
헤집어 놓는다

한때는 무성한
초록의 그늘로 서 있었을
빈 나목에 내려앉은
하얀 그리움이
따뜻한 임의 미소로 속삭인다

민들레 닮은 노란 사랑을
기억하라고
빨간 장밋빛 그리움에
하얀 눈이 내린다.

그리운 어머니

별빛 따라 살포시 내려앉은 밤
창밖에 잔잔한 불빛이
고요히 가슴을 적셔오는 날은
어머니가 생각납니다

정 많고 눈물도 많아 향기 좋은
찔레꽃같이 순박한 모습
이런 날 어머니가 살아 계신다면

전화 안부일지라도 이런 저런
상념 꺼내놓고 다정한 벗
또는 친구처럼 통화할 수 있으련만

사무치게 그리워 보고 싶은 마음
무심히 부는 저 바람에 이 마음
실어 보내면 그곳 어머니께 닿아서
꿈속에라도 와 주시려나

불러도 대답 없는 어머니
오늘따라 유난히
정겨운 어머니 목소리 그립고
너무도 보고 싶습니다.

갈퀴나무(마른 솔잎)

시린 하늘은 고요하고
차가운 바람에 멍울진 눈망울
푸르기만 한 솔숲 아래
수북이 쌓인 마른 솔잎 위로
생각이 머문다

갈퀴나무를 아시나요?
쓰윽 쓱 쓸어 모으면
가랑잎처럼 들뜨지 않고
참빗같이 차분했었지

보릿고개 한겨울
아궁이에 불 지펴
울 엄마 새벽 밥 지으실 때
땔감 중에 땔감으로
시린 손 녹이시면

엄마 마음처럼 따뜻하고
햇살같이 구수한 밥 냄새가
이른 아침을 열었었지.

삶과 여정

차향 가득한 커피 한잔 들고
창가에 서보니
새록새록 지난 세월이 스치고
봄날 아지랑이 피어 오르듯
보고 싶은 얼굴 하나 찻잔 속에 있어라

창밖에 보이는 저기 저 안산
꽃 피고 푸르른 녹음 지나
한 해를 살아낸 쓸쓸한 풍경이
한세월 살아온 지금에 내 모습 같아라

삶의 무게로 쉼 없이 달려와
이제 내 꿈을 그려갈
봄을 기다리는데
고장 난 육신 처연하여라

살아가는 동안
사랑하는 사람들과
평화로운 삶의 여정이 될 수 있도록
건강 하나만 허락해 주시길
소망해 봅니다.

동면에 든 꽃씨

모처럼 겨울 하늘이 파랗다

화려하게 불타던 가을
오색 찬란하던 꽃
곳곳에 머물던 그리움 뒤로
긴 동면에 든 꽃씨

쓸쓸한 뜨락엔
마른풀 서걱거리며
쌩하니 한풍만 돌아 나간다

텅 빈 대지에
목화솜처럼 하얀 눈 내리고
따사로운 햇살 한 줌이
한 알에 꽃씨를 품어준다

꽁꽁 얼어붙은 개울가
졸졸 흐르는 물소리 따라
버들강아지 눈뜨면

그대 돌아와
빈 뜨락에 내리는
봄 햇살처럼 설렘가득 안겨줄
희열을 기다린다.

그대입니다.

내 하얀 그리움에
함박눈 내려와
곳곳에 남긴 흔적 위에
보고 싶음이 쌓이면
못 견디게 그리운 그대입니다

별빛 시린 밤
함께 걷던 둘레길에도
뜨락 공원 벤치에도
긴 세월에 쌓인 그리움만큼
너무 보고 싶은 그대입니다

무수한 별빛 아래
함께 나누었던 언어들이
그리움 되어
창가에 서성이면
젖은 눈빛으로 조용히
불러보는 그대입니다.

하얀 겨울

하얀 겨울을
미워하지 말라고
싫어하지 말라고
그대가 매서운
사랑으로 찾아와
내 볼이 빨개졌어요

아마도 나 이젠
하얀 겨울을
사랑하고 있나 봐요
그대가 하얀 꽃으로 찾아오면
내 마음도 설렘으로
한가득 차요

그대가 소복이 쌓이면
내 그리움 한줌
꼭 쥐어서
그대 하얀 가슴에
꼭꼭 숨겨 둘래요

꽁꽁 얼어붙은 가슴에
해님이 찾아와
서럽게 녹아 흐르면
꽃피는 봄이 오겠지요

추억의 설날

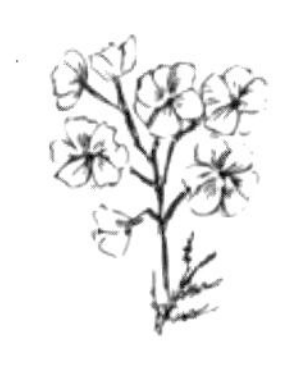

우리 고유의 명절 설날이면
마음은 설렘으로 들떠서
엄동설한에 추운 줄도 모르고
서울역 앞에 긴 줄을 서 있다 기차 타고
고향에 가던 그때가 그립 네라

서울에서 내 새끼들 온다고
객지에서 우리 새끼들 온다고
행주치마에 두건 두르고
좋아하는 음식 장만해 놓고

이제 오나 저제 오나
기차길 바라보고 싸리문 쪽
수십 번 눈 빠지게 내다보며
버선발로 달려 나오시던 어머니 모습

그 시절 그때 설날이
너무도 그립 네라
부모님은 하늘에 계시고
몸은 객지에 있고
그리운 고향은 마음만 달려가네.

배추 아가씨

강릉에서 솔향기 타고 온
배추 아가씨
반으로 뚝 갈라보니
이젠 시집가고 싶다고
속이 꽉 찼습니다

빨간 고무 다라에
푸른 바다 하얀 보석
풀어 놓으니 노오란 배추
인어 아가씨 되어
바닷물에 하나가 되어 갑니다

짠 바닷물에 사랑 녹아든
노오란 배추에
마늘 생강 새우 보석으로 채워
붉은 치마에 초록 저고리 입혀 주니

이제 할 일 다한 것 같다
마음이 흐뭇합니다.

삶

화사한 젊은 날 청춘의 꽃은
버거운 삶의 무게 물 위를 걷는듯한
힘겨운 삶의 여정
돌아보면 그래도 그때가 그립네

중년의 꽃 사십 대 내 집에 가장 큰 별
폐암 사 년이란 긴 투병생활
칠흑 같은 아픔과 슬픔
칼날처럼 매섭게 춥던 겨울
하얀 꽃바람에 하늘길 떠나고

온통 상처뿐인 회환의 세월
이제 행복하고 싶다
아침에 눈을 뜨면 하늘에 감사하고
작은 일에 고마워하며
햇살을 입고 바람을 느끼며

자연을 벗 삼아
평화로운 행복 삶의 여정을 꿈꾼다.

정유년 첫날에

새 하늘문이 열리는
새해 종소리
내 심장 뛰는 소리로
벅찬 설렘의 울림으로

새날에
하루에 시간을
일 년에 시간을
작은 손에 힘껏 쥐어본다

한 해 두 해
해를 보낼수록
나이에 나이를
더하고 더할수록

물 흐르듯 눈 깜짝할 사이에
사라지는 소중하고 귀한 시간
한 발 두 발
내딛는 발자국

행복에 발자국으로
마음 하나 그 마음 하나
평화롭기를 꿈꾼다.

첫눈

첫눈이 온다고
문을 열어 주기에
얼른 바라본다

와--첫눈이다
하늘 가득 정말 눈이 온다
조용하던 가슴이 설렌다
심장이 콩닥콩닥

마당에 나가 손바닥에 받아본다
하얀 눈꽃송이가 사뿐사뿐
분명 내려왔는데
손바닥엔 흔적만 남는다

사랑이 떠난 자리처럼
사랑이 남긴 발자국처럼

기일 성묘날에

하늘은 푸르고
따사로운 햇살은 너울너울
동백꽃 흔들던 바람도 잠을 잔다
십육 년째 당신을 보러오는데
개구리가 까꿍 할 것 같은 날씨 처음이구려

잘 있었나요?
솔잎처럼 새파랗게 떨지 않고
당신 옆에 앉아서
따뜻한 차 한 잔을 마셔 보는구려

보고 있나요?
오는지 가는지 말이 없는 사람아
골 깊은 주름에 흰머리 수북한 내 모습
그러고 보니
당신 머리에도 잡초가 보이는구려

모처럼 주위 풍경을 보네요
잔설이 남아있는 앞산에 산새가 울고
앙상한 나목에 물오르는 소리 따라
푸른 솔숲 아래 잔잔한 진달래 나무가
서서히 봄이 오고 있다고 눈짓하는구려.

12월의 어느 멋진 날

함박눈 소리 없이 내리던
12월의 어느 멋진 날
교정의 눈 밟는 소리 뽀드득
학우여 교우들이여 들었는가

곱게 물든 이파리 제 갈 길로 떠나고
담장에 걸터앉은 앙상한 등나무 줄기에
실피줄 잔잔히 드러낸 나목에
하얗게 꽃피운 눈꽃을 보았는가?

잿빛 하늘에 여백 없이
펄펄 내리던 함박눈 그치고
고요 속에 빛나는 순백의 교정
청아하게 울려 퍼지는 새들의 노랫소리

반짝반짝 빛나는 맑은 눈빛
도란도란 어우러진 따뜻한 마음
곱게 익어가는 꿈들이 예쁜 설경처럼
아름다운 세상을 만들어가면 좋겠습니다.

소주

그냥 그러고 싶을 때 가 있지
한잔 하고 싶을 때
괜스레 울적하고 마음이 텅 빈 것처럼
허하고 외로울 때
우린 술을 찾지 한잔했으면 하지

비라도 오는 날엔
또 술 생각이 나지
그럴 땐 전화라도 걸어 친구를 찾는 거지
한 잔 어때 하고

뭔가 일을 성사시켰을 때
힘든 작업을 끝냈을 때
그럴 때 우린 술 생각이 나지
어이 오늘 한 잔 어때요

오늘 한잔하자고 그래 그거 좋--지
근데 오늘 뭐 좋은 일 있나 보이
그럴 땐 술만 한 게 또 없지
그래서 술이 좋고 친구가 좋은 거지
그런 거지 다 그런 거야
산다는 것은.

그냥 다 좋다 12월에

파란 하늘이 좋다
따사로운 햇살이 좋다
바람이 좋다

이름도 다 모르는
들꽃들이 좋다 향기가 좋다

돌아보면
기쁨도 슬픔도 아픔도 그리움도
찾아온 내 삶의 동행이었다

굳이 애써 지우려 하지 않고
가슴에 묻고
때론 바람처럼 물 흐르는 대로
나만의 향기로 살고 싶다
조금은 멋스럽게.

고요히 흐르는 밤

어둠이 내린 고요한 밤
반짝이는 잔잔한 불빛이
밤하늘 은하수 별빛처럼 흐른다

아늑한 불빛 평온 속에
감미로운 사랑이 흐르고
어느 병동엔 아픔과 슬픔이
숨죽인 강물처럼 흐른다

창문 틈새 실 낮같은 불빛이
희망처럼 새어들 땐
시린 달빛에 뜨거운 눈물이 흐른다

세상은 아무 일도 없는 듯
모두가 깊은 꿈속을 여행하면
다 똑같은 밤인 양
고요히 흐르는 밤이다.

회색빛 도시

희뿌연한 회색빛 도시
앙상한 나목에도
새들이 노래하고
고운 햇살이 속삭이는데

한 호흡
두 호흡할 때마다
폐부 깊숙이
침입해오는 불청객
목이 아프다.

슬프다 언제쯤이면
한 겨울에도
푸른 하늘을 보며
걱정 없이 맑은 공기로
호흡할 수 있을까?

뉘라서 그대가 되어
혼탁한 공해
맑게 정화해 주려나
엽록체 무성한 초록 이파리가
겨울은 더 그리운 계절이어라.

저 하늘에 목화솜이

어머니 밭에 구름 같은 목화솜
무서리 내리고 서릿발처럼
춥던 엄동설한에
모두에 몸을 휘감았을 목화솜

내가 시집올 때 목화를 털어서
행복하게 잘 살어라고
한 땀 한 땀
정성껏 꿰매어준 목화솜 이불

이제 저 하늘에 목화솜 구름이
어머니 가슴 되어 포근히 깔려있다.

그대 그리운 날

불현듯 못견디게
그대 그리운 날은
멍하니 밤하늘을 보아요

꽃보다 아름답게
빛나는 저 별 하나
그대인 것 같아서요.

몰랐습니다

몰랐습니다
그대가 내 곁에 있을 때는
그렇게 빨리 떠나게 될 줄을

몰랐습니다
그대가 내 곁에 없으면
이리도 그리워하게 될 줄을.

당신 그리움에

인 쇄 일 2021년 8월 23일

발 행 일 2021년 8월 23일

지 은 이 김정순

발 행 인 황유성

펴 낸 곳 도서출판 유성

주　　소 03924. 서울 마포구 월드컵북로54길 25
상암DMC푸르지오시티. 5-City 513호(상암동)

전　　화 070-7555-4614

E-mail youseong001@hanmail.net

출판등록 제 2019-000098호

I S B N 979-11-966900-4-5 (03800)

정　　가 12,000원

※ 잘못된 책은 바꾸어 드리겠습니다.